COURS ABRÉGÉ

DE

STYLE ÉPISTOLAIRE

AVEC DE NOMBREUX SUJETS DE LETTRES

A L'USAGE DES CLASSES DE FRANÇAIS

PAR

Mme la Comtesse de BOISSIEUX

Auteur du Nouveau Manuel du savoir-vivre

PARIS

J. ÉLIE GAUGUET, LIBRAIRE-ÉDITEUR

36, RUE DE SEINE, 36

1878

TABLE DES MATIERES

PREMIÈRE PARTIE.

DEUXIÈME PARTIE.

FIN DE LA TABLE DES MATIÈRES

COURS ABRÉGÉ
DE
STYLE ÉPISTOLAIRE

PREMIÈRE PARTIE

PRÉCEPTES ET CONSEILS

I. — DES QUALITÉS DU STYLE ÉPISTOLAIRE.

1. Qu'est-ce que le style ?

— C'est l'ordre dans lequel on présente ses pensées et la manière dont on les énonce.

2. D'où vient le mot épistolaire ?

— D'épître ou lettre.

3. Qu'est-ce donc que le style épistolaire ?

— C'est celui qui s'emploie dans la correspondance.

4. Quelles qualités principales doit avoir ce genre de style ?

— Il doit avoir la simplicité, la précision et la clarté de la parole parlée.

5. Comment cela ?

— Parce qu'une lettre n'étant autre chose qu'une conversation à distance, elle doit reproduire autant que possible ce ton naturel, aisé, qui fait le charme de la causerie.

6. Que résulte-t-il de cette règle ?

— Que pour bien écrire une lettre, il faut exprimer ses pensées dans l'ordre et avec les expressions que l'on emploierait, si on était en présence de son correspondant.

7. Peut-on, dans une lettre, prendre le ton familier qu'autorise une conversation intime ?

— Oui, pourvu que ce ton ne soit pas vulgaire. Certaines plaisanteries, en effet, qu'on peut jusqu'à un certain point tolérer dans la causerie, ne sauraient trouver place sous la plume.

8. N'y a-t-il pas un proverbe à ce sujet ?

— *Les paroles s'envolent, les écrits restent.*

9. S'ensuit-il qu'on peut en causant, dire tout ce qui passe par la tête ?

— Une personne bien élevée ne se sert jamais d'expressions triviales et encore bien moins de paroles grossières ; elle s'applique à parler correctement et avec convenance, et c'est dans ce sens que les maîtres du style disent que pour bien faire une lettre il faut l'écrire comme si on parlait.

10. N'y a-t-il pas d'autres observations à faire à ce sujet ?

— Il faut prendre garde aux développements trop considérables, aux détails trop minutieux que la conversation comporte, et qui donneraient à une lettre trop d'étendue.

11. Quelles sont les difficultés que présente le style épistolaire ?

— Le style épistolaire ne présente guère d'autres difficultés, que celles que se crée à elle-même la personne qui écrit.

12. Comment cela ?

— Parce que pour peu qu'on y apporte d'application et de bonne volonté, il ne saurait être difficile d'exprimer sa pensée en termes convenables.

13. Quels défauts faut-il surtout éviter ?

— La recherche et la prétention qui empêchent le naturel, qui embrouillent la phrase et, parfois, dénaturent la pensée.

14. Résumez ce que vous venez de dire :

— Pour bien écrire une lettre, étant donné, bien entendu qu'on s'est habitué à bien parler, il suffit, après avoir bien réfléchi à ce que l'on a à dire, de laisser courir sur le papier sa plume libre de toute entrave.

15. Supposons qu'un enfant ait à écrire à son père qui vient de partir pour un voyage; que lui dira-t-il d'abord ?

— Tout son regret en se séparant de lui.

16. Ecrivez cela :

— « Cher papa, je ne saurais vous dire com-
« bien j'ai eu de regret en me séparant de vous. »

17. Que lui dira-t-il après ?

— Le vide, la tristesse que laisse son absence.

18. Ecrivez :

— « Combien la maison nous semble vide de-
« puis que vous n'y êtes plus ; nos cœurs sont plus
« vides encore et nous sommes tous bien tristes. »

19. Ensuite :

— Il dira par quels moyens il s'efforce, pour sa part, de combler ce vide, et en même temps de préparer à son père un agréable retour.

20. Ecrivez :

— « Pour ma part, je crois que je ne me con-
« solerais pas de votre absence si je ne redoublais
« d'application et d'efforts dans mes études. Ja-
« mais je n'ai travaillé aussi assidûment et avec
« autant d'ardeur, afin que mes progrès vous
« dédommagent à votre retour de la peine que sû-
« rement vous éprouvez vous-même de notre sé-
« paration. »

21. Qu'ajouterez-vous ?

— Convaincu que mon père ne s'intéresse pas seulement à moi, je lui donnerai des nouvelles des autres membres de la famille.

22. Ecrivez :

— « Ma chère maman se porte très-bien, elle « pense beaucoup à vous et, comme toujours, elle « s'occupe sans cesse de ma petite sœur et de moi. « De notre côté, nous redoublons de prévenances « et de docilité afin de ne pas augmenter son « chagrin; ma petite sœur, dont la santé continue « à se fortifier, demande dix fois par jour quand « reviendra son cher papa. »

23. Qu'y a-t-il encore à dire ?

— Rien, si ce n'est renouveler à ce bon père, l'expression des sentiments de la famille et des siens.

24. Écrivez :

— « C'est dans ces sentiments, cher papa, que « maman et ma sœur vous embrassent de tout « leur cœur, et qu'après m'être joint à elles, je me « dis, mon cher papa, votre très-respectueux et « très-obéissant fils qui vous aimera toujours. »

Jules X...

25. Pourquoi n'avez-vous pas mis comme certains enfants de ma connaissance : « *Votre fils pour la vie.* »

— Parce qu'il ne dépend pas de moi, d'être ou de ne pas être toute *la vie* le fils de mon pére.

26. C'est donc une tournure de phrase fautive?

— Très-fautive, puisqu'elle contient un non sens.

27. On ne peut donc pas employer en terminant une lettre la formule : « *pour la vie.* »

— Si, à condition qu'on parle d'un sentiment et non pas d'une manière d'être.

28. Par exemple ?

— On dit : « *je suis votre ami pour la vie,* par ce qu'on peut cesser d'aimer la personne à qui on écrit, mais on ne lui dira pas : *je suis votre père, votre fils, votre frére pour la vie.*

29. Pourquoi ?

— Parce que ces qualités constituent une manière d'être, un état, sur lequel la volonté n'a pas de prise.

30. Pourquoi dans la formule de la fin de votre lettre, avez-vous employé les mots « *respectueux* et *obéissant* »

— Parce que la terminaison d'une lettre devant rappeler toujours la nature de nos sentiments pour les personnes auxquelles nous écrivons, et de nos relations avec ces personnes, quand il s'agit d'ascendants et surtout d'un père et d'une mère, le respect et l'obéissance doivent être la base essentielle de notre affection pour eux.

31. Essayons d'une autre lettre. Les vacances touchent à leur terme ; vous désirez qu'un de vos camarades n'oublie pas de vous rapporter un livre que vous lui avez prêté ; comment le lui demanderez-vous ?

— Je commencerai ma lettre par parler non de moi et de ma réclamation, ce qui serait peu gracieux, mais de ce qui peut intéresser mon ami.

32. Par exemple :

— « Mon cher Auguste, j'espère que tu as bien mis à profit les vacances ; tu as dû en jouir d'autant mieux que tu avais davantage travaillé pendant toute notre année d'étude. »

33. Qu'est-ce qui motive cette réflexion ?

— Le fait que rien ne dispose mieux au plaisir que le sentiment du devoir accompli.

34. Développez cette pensée qui est très-juste :

— « Nous ne jouissons jamais mieux, en effet,
« du bonheur de nos parents et des récréations que
« leur bonté nous procure, que lorsque nous
« pouvons nous rendre ce témoignage que nous
« avons mis consciencieusement à profit les soins
« qu'ils nous ont donnés, les sacrifices qu'ils ont
« faits pour nous. »

35. Quel ordre d'idées aborderez-vous ensuite :

— Les bonnes résolutions à prendre pou l'avenir.

36. Formulez cette pensée :

— « Et d'autre part, quel stimulant que les
« joies des vacances pour le travail de la rentrée !
« Aussi, je suis sûr, mon cher Auguste, que tous
« les deux nous allons travailler avec une ardeur
« qui ne se démentira pas avant les prix de
« l'année prochaine. »

37. N'allez-vous pas enfin aborder le sujet principal de votre lettre?

— Justement ma dernière phrase me fournit une transition pour y arriver naturellement.

38. Qu'entendez vous par transition?

— Un moyen, une liaison pour passer d'un sujet à un autre, soit dans le style, soit dans la conversation.

39. Voyons votre transition?

« En parlant de prix je pense tout naturellement aux beaux livres dont ils enrichissent nos petites bibliothèques; ce sujet, mon cher Auguste, me conduit à te rappeler que je t'ai prêté un de ces précieux volumes et à te prier de ne pas oublier de me le rapporter. »

40. Achevez votre lettre :

« Je te quitte sur cette recommandation, mais non sans t'avoir embrassé de tout mon cœur. Ton ami dévoué. » JULES H.

41. Cette finale n'est-elle pas un peu brève?

— Je ne le crois pas, puisqu'elle exprime un sentiment vrai.

42. Ne peut-on, ne doit-on même pas quelquefois dépasser dans l'expression, les sentiments qu'on éprouve?

Pour certaines formules exigées par les convenances, on n'a pas à s'inquiéter des sentiments vrais. Mais quand il est question de relations d'amitié où même de simples relations sociales, la sincérité doit dicter chacune de nos paroles;

II. — DES CONVENANCES ÉPISTOLAIRES

43. La liberté à donner à la pensée et à la plume dans le style épistolaire exclue-t-elle l'idée de règles, de formules?

— Il est au contraire dans la forme des lettres un cérémonial qu'il importe de connaître et d'observer.

44. Qu'arriverait-il si on ne se soumettait pas à ces règles?

— Ou on passerait pour les ignorer ce qui impliquerait un manque d'éducation; ou, ce qui serait pire, on s'exposerait à blesser par sa négligligence la susceptiblité de ses correspondants.

45. Est-il donc permis de se montrer susceptible?

— Autant on doit éviter d'être soi-même susceptible, autant il importe d'éviter de provoquer les susceptibilités d'autrui.

46. N'y-a-t-il pas des cas où la susceptibilité est justifiée?

— Oui, lorsque un manque d'égard, de convenance, de respect s'adresse non pas directement à nous, mais, en notre personne, à l'autorité, à la dignité dont nous sommes revêtus.

47. Par exemple:

— Un père, un maître, ne doit pas souffrir une atteinte au respect qui lui est dû; un fonctionnaire public, représentant la loi, ne saurait permettre qu'on se départe, quand on lui écrit ou qu'on lui parle, des formules auxquelles il a droit.

48. Quelle est la première et la plus importante des règles épistolaire?

— Le sentiment du respect et des égards dûs à la personne à qui l'on écrit.

49. Mais si cette personne, toute supérieure qu'elle nous soit, se montre elle-même bienveillante et familière.

Cette condescendance, en ajoutant la reconnaissance à ce que nous lui devons déjà, doit augmenter notre respect au lieu de l'amoindrir.

50. A quel propos parlez-vous de reconnaissance au sujet des règles épistolaires?

— Parce que, à part certaines formules que nous appelons officielles et dont nous parlerons plus loin, les convenances épistolaires sont réglées par le tact ou pour mieux parler par le cœur.

51. Expliquez-vous:

— Il n'y a pas de règles fixes sur la manière de commencer et de terminer une lettre à sa mère; mais il va de soi que les premiers et les derniers mots de cette lettre expriment la tendresse et le respect. Le ton entier de la lettre ne saurait être trop intime, trop confiant; il ne saurait cependant sans choquer toute délicatesse affecter la familiarité, le laisser-aller de camarade à camarade. Dans les plus grands épanchements d'enfants à parents, une certaine nuance doit donc refleter le respect et la déférence.

52. Parlez du cérémonial épistolaire :

— Bien que moins obligatoire qu'autrefois, le cérémonial épistolaire n'en est pas moins resté un des caractères distinctifs de la bonne éducation. Il importe donc d'en connaitre les règles et de s'y conformer.

53. Les trop grands témoignages de respect ne répugnent-ils pas à la dignité de celui qui écrit?

— Tout au contraire, témoigner son respect à ceux qui, par leur âge, leur position, leur vertu y ont droit. c'est se respecter soi-même et se créer des titres au respect des honnêtes gens.

54. Comment cela?

— Par ce que en même temps que le style d'une lettre donne la mesure de l'intelligence et du cœur qui l'ont dictée, la parfaite convenance de la forme ne laisse pas de doute sur les habitudes de bonne compagnie de la personne qui écrit.

55. Quel est le format du papier à employer de préférence?

— Ce format varie selon le degré d'intimité ou plutôt selon la position de la personne qui écrit; ainsi une femme peut, même pour des lettres de cérémonie, employer le petit format, tandis qu'un homme bien élevé ne se le permet que dans l'intimité.

56. Peut on se servir de feuilles simples?

— Jamais, sauf pour les lettres d'affaires.

57. En écrivant à de grands personnages quel papier emploie-t-on ?

— Lorsque ce genre de lettres a un caractère officiel on se sert du grand format dit papier Ministre; si, au contraire, il s'agit de correspondance ordinaire, quel que soit le titre de la personne à qui l'on écrit, on emploie du papier format moyen.

58. Où se place la date d'une lettre ?

— En tête de la première page, ou à la suite de la signature, à volonté.

59. Que doit mentionner la date ?

— Elle doit mentionner le lieu d'où l'on écrit, le jour du mois et l'année.

60. Qu'appelez-vous *titre* en style épistolaire ?

— L'appellation donnée au correspondant soit *Monsieur*, *Madame*, *mon cher frère*, *mon cher ami*, etc.,

61. Comment se place ce titre ?

— En vedette, c'est à dire au milieu de la ligne et seul sur cette ligne.

62. Y-a-t-il des règles fixes pour la hauteur de cette vedette ?

— En écrivant à un personnage une lettre de cérémonie, la vedette doit être placée au tiers environ du papier.

63. Dans ce cas, où commence le corps de la lettre?

— A la moitié à peu près de la page.

64. Ecrit-on jusqu'au bout de la page ?

— Non on laisse cinq à six lignes au moins de blanc.

65. N'y a-t-il pas des cas où cette partie du papier blanc reçoit une désignation particulière?

— Dans une lettre officielle ou même simplement dans une lettre d'affaires on indique au bas de la page le nom et les qualités de la personne à qui est adressée la lettre.

66. Exemple:

— Soit une lettre au préfet : au bas de la première page et séparé par trois lignes blanches au moins je mettrai : *A monsieur le prèfet de la Seine.*

67. — Un autre exemple.

J'écris à un libraire : *A monsieur Lucien libraire à Tonnerre.*

68. — Dans les lettres ordinaires, les distances à observer, soit en tête, soit à la fin, sont-elles également réglées par l'usage.

— Elles l'étaient autrefois; mais on s'affranchit et on tend chaque jour davantage à s'affranchir de cette étiquette, qu'il faut cependant se garder de négliger trop complétement. Ici encore le tact doit servir guide.

69. — Qu'entendez-vous par *titres honorifiques?*

L'appellation particulière que l'usage attribue à certaines charges, à certaines dignités et enfin les titres nobiliaires?

70. — Parlez de ces derniers.

— Les titres nobiliaires, prince, princesse, duc, duchesse, marquis, marquise, comte, comtesse, vicomte, vicomtesse, baron, baronne, doivent toujours être précédés du mot *monsieur* ou *madame.*

71. — Quel titre donne-t-on à un souverain?

— *Sire.... Votre Majesté.*

72. — A une souveraine?

— *Madame.... Votre Majesté.*

73. — Aux princes du sang ?

— *Monseigneur.... Votre Altesse impériale ou royale.*

74. — Aux princesses du sang?

— *Madame.... Votre Altesse impériale ou royale.*

75. — Aux ministres et aux embassadeurs?

— *Monsieur le Ministre.... Votre Excellence.... Monsieur l'Ambassadeur.... Votre Excellence* (1).

76. — Au Souverain Pontife?

— *Votre Sainteté.*

(1) En France depuis 1870, le *Votre excellence* est officiellement supprimé beaucoup de personnes cependant, l'emploient dans leurs lettres.

77. — Aux cardinaux?

— Monseigneur.... *Votre Eminence.*

78. — Aux archevêques ?

Monseigneur.... *Votre Grandeur.*

79. — A un fonctionnaire public.

— *Monsieur....* Suivi de la désignation des fonctions, soit : *Monsieur le Préfet....* ***Monsieur le Directeur.***

80. — Aux membres du Clergé?

— *Monsieur* suivi de l'indication de la dignité *Monsieur le Chanoine.... Monsieur le Curé.*

81. — *Les formules, Votre Majesté.... Votre Excellence, Votre Grandeur, etc.,* n'impliquent-elles pas une tournure particulière de langage?

— Elles nécessitent l'emploi de la troisième personne, emploi réputé plus respectueux que celui de la seconde personne.

82. — Exemple.

— Sire.... *Votre Majesté a eu la bonté de me permettre de.... Je prie Votre Majesté d'agréer, etc.*

83 — D'autres exemples.

— *Monseigneur.... Votre Altesse impériale a bien voulu m'autoriser.... Monseigneur, Votre Eminence, en acceptant la dédicace de mon livre m'a donné une preuve de bienveillance, etc.*

84 — Ce langage à la troisième personne, ne s'emploie-t-il qu'avec les grands personnages?

— Il s'emploie encore et surtout de domestiques à maîtres; de petits commerçants, d'ouvriers envers leurs patrons ou clients; de la part enfin de toute personne qui, placée dans une position dépendante, veut affirmer cette dépendance.

85. —Est-ce seulement en écrivant que s'emploie, dans ce sens, la troisième personne ?

— C'est également dans la conversation, dans les ordres à demander, dans la réponse à donner à ces ordres.

86. — Supposez qu'un domestique ait à écrire à son maître pour lui demander de ne pas oublier, par exemple, un objet qu'il s'est chargé d'apporter.

— Il écrira : « Monsieur a peut-être oublié qu'il « s'est chargé de rapporter le manteau qui a été « laissé à la campagne. Je prends la liberté de le « lui rappeler, etc.... »

87.— Comment, dans le langage parlé un domestique préviendra-t-il son maître que le dîner est servi ?

— Il ne dira pas: « *Monsieur vous êtes servi.* » Mais « *Monsieur est servi.* » La règle est exactement la même que pour le style épistolaire.

88 — Parlez de la suscription d'une lettre.

La suscription doit reproduire les mêmes titres que ceux donnés dans le corps de la lettre, avec cette différence que lorsque le titre se compose de deux parties, l'ordre de ces parties doit être renversé.

89.— Faites comprendre par des exemples.

A un évêque j'adresserai ma lettre : *A Sa Grandeur Monseigneur l'Evêque de,* etc., à un ambassadeur : *A son Excellence, Monsieur l'Ambassadeur de.... à....* etc.

90.— Quelle adresse pour un souverain?

— Ces seuls mots : *A l'Empereur... Au Roi... A l'Impératrice...* etc.

91.— N'y a-t-il donc qu'un empereur, qu'un roi, qu'une impératrice?

— Il n'y a du moins qu'un souverain et une souveraine qui aient droit à ce titre absolu. C'est le souverain et la souveraine du pays où l'on écrit.

92.— N'y a-t-il pas une désignation particulière que, soit en parlant, soit en écrivant, il est de bon goût de donner à un ecclésiastique?

— Ce sont les mots *Monsieur l'Abbé* qu'une personne bien élevée joint toujours au nom d'un ecclésiastique, quelle que soit d'ailleurs la dignité de cet ecclésiastique jusqu'à celle d'évêque exclusivement.

93.— Exemple :

— *Monsieur l'abbé Remy, chanoine de... Monsieur l'Abbé Daviaud, curé de... Monsieur l'Abbé Vincent, prêtre attaché à la paroisse de...* etc.

94.— Mettriez-vous aussi *M. l'abbé* si vous indiquiez seulement la dignité sans mentionner le nom?

— Dans ce cas le mot *abbé* qui est un terme de politesse deviendrait ridicule pour ne pas dire choquant ; il n'aurait d'ailleurs pas de sens.

95.— Ainsi ?

— *Monsieur le curé de Saint-Romand... Monsieur le Chanoine Directeur de la bibliothèque de...* etc. etc..

96.— En parlant ou en écrivant à un ecclésiastique dont on ne connaît pas les fonctions.

— On dit ou on écrit simplement : à *Monsieur l'abbé, X.*

97.— Pendant que nous en sommes aux formules, n'était-il pas au dessous de la dignité humaine de terminer les lettres comme on le faisait presque journellement autrefois par les mots de *serviteur* et de *servante.*

— Ainsi employés, les mots *serviteur* et *servante* sont loin de signaler une dépendance humiliante. Tout au contraire, ils ennoblissent celui qui les emploient ; ils leur prêtent un caractère touchant de charité et deviennent l'expression de son dévouement pour ses semblables.

98. — N'auriez-vous pas quelques observations à faire touchant la signature des lettres ?

— Cette signature doit être très-lisible. Il est bon d'y ajouter un paraphe particulier qui la distingue; toutefois, ce paraphe doit être simple; y mettre de la prétention calligraphique est ridicule.

99. — Parlez du pli et du cachet des lettres :

— La difficulté du pli qui constituait autrefois un art véritable, a disparu depuis que l'usage des enveloppes s'est généralisé; de même pour les pains à cacheter que remplacent les bords gommés des enveloppes. Quant au cachet de cire, il est resté d'usage et presque de rigueur pour les lettres de cérémonie, surtout quand les personnes qui les écrivent ont un cachet armorié.

100. — N'y a-t-il pas à ce sujet un usage particulier ?

— On renverse le cachet, c'est-à-dire le bas en haut, en signe de déférence, quand on écrit à un supérieur; on le pose dans son sens et très-d'aplomb pour ses égaux, et incliné pour ses inférieurs. Toutefois, les gens de cœur ne se prévalent pas de ce dernier usage.

101. — Pourquoi ?

— Parce qu'il est toujours peu obligeant d'exprimer, par n'importe quel moyen une idée de supériorité à l'égard d'autrui.

102. — Ne faut-il pas apporter une certaine attention dans la suscription d'une lettre ?

— Une attention d'autant plus grande que la moindre erreur, la moindre négligence dans l'adresse peut empêcher une lettre d'arriver à destination. On aura donc soin d'écrire bien lisiblement et un peu gros le nom de la personne ; on ajoutera sa qualité, sa profession, l'indication de la rue et du numéro et, enfin, le nom de la ville et du département,

103. — Si on écrit à la campagne ?

— On aura soin de mentionner après le nom de la propriété celui de la commune, et si cette commune est peu importante ou qu'elle porte un nom qui lui soit commun avec d'autres localités, celui du chef-lieu de canton.

104. — N'est-il pas des villes dont le département n'a pas besoin d'être indiqué ?

— Pour les villes de premier ordre, telles que Lyon, Bordeaux, Toulouse, Marseille, etc., on peut se dispenser d'indiquer le département; pour Paris, il serait ridicule de l'ajouter.

105. — Comment se met une adresse pour l'étranger ?

— Absolument comme pour la France et en français, avec l'indication au haut de l'enveloppe du pays où l'on écrit.

106. — Exemple ?

— *Monsieur — Monsieur Paul Berg, à Louvain*, et au-dessus, un peu sur la droite de l'enveloppe : BELGIQUE.

107. — Pourquoi ne pas mettre le mot Belgique au-dessous de Louvain, c'est-à-dire à la place occupée par le nom du département dans les adresses pour la France ?

— Afin d'attirer l'attention des agents des postes et d'éviter ainsi les fausses directions.

108. — Parlez de l'affranchissement des lettres ?

— Depuis l'usage des timbres-postes et l'unité de tarif pour les lettres, non-seulement il est d'usage de ne jamais écrire sans affranchir sa lettre, mais encore quand on écrit pour demander un renseignement, pour charger d'une commission, on joint à sa lettre un timbre-poste destiné à l'affranchissement de la réponse.

109. — Vous venez de parler de l'unité du tarif; le port d'une lettre ne varie-t-il donc jamais?

— Ce port étant basé sur le poids de la lettre ne varie que dans le cas où le poids dépasse le maximum fixé, lequel est aujourd'hui de 15 grammes. Au delà de 15 grammes, le prix double et ainsi de suite.

110. — Que résulte-t-il de cela?

— Que sous peine d'impolitesse on doit ou connaitre le poids du papier que l'on emploie, ou faire peser sa lettre.

111. — Qu'a à faire la politesse à cela?

— Il serait peu convenable d'exposer son correspondant à payer la surtaxe, d'autant plus que cette surtaxe n'ayant pas été comprise dans l'affranchissement double de prix ou à peu pres.

112. — Peut-on placer dans ses lettres tel objet autre que du papier écrit ou imprimé?

— Tout ce que l'on veut, excepté des objets d'or et d'argent, des pierreries, en un mot des *valeurs*, lesquelles doivent être envoyées à part dans une boite, avec déclaration du prix approximatif et sous chargement.

113. — Les billets de banque rentrent-ils dans les mêmes conditions?

— Oui, et non-seulement la poste n'en serait

pas responsable autrement; mais encore l'expéditeur qui les enverrait serait, si l'on s'en apercevait, passible d'une amende.

113 bis. — Pourquoi cela ?

— Parce que cet envoi impliquerait une fraude, puisqu'elle frusterait l'administration des postes du droit qui lui est dû pour le transport de l'argent et des valeurs.

III. — POST-SCRIPTUM, ABRÉVIATIONS, COMPLIMENTS MESSAGES, CONSEILS DIVERS.

114. — Qu'est-ce qu'un « post-scriptum » ?

— C'est un paragraphe ajouté après la signature pour réparer un oubli ou combler une lacune.

115. — Doit-on avoir recours souvent à cette espèce de supplément?

— Le moins possible, car, par le fait qu'il implique une négligence ou une inattention, il est peu poli pour la personne à qui l'on écrit. On doit s'en abstenir complètement d'inférieur à supérieur.

116. — N'est-il pas cependant un genre de « post-scriptum » toléré par l'usage ?

— Oui, celui qui a pour but d'adresser un message, un compliment à une tierce personne; mais encore faut-il qu'il soit court et étranger au sujet même de la lettre.

117. — Les abréviations sont-elles autorisées par le style épistolaire ?

— Pour les mots : M., Mme, Mlle, lorsqu'on parle de soi-même à la troisième personne ou lorsqu'on parle à son correspondant de personnes qui lui sont tout à fait étrangères. Dans tous les autres cas, ces mots doivent être écrits en entier.

118. — Exemple :

— Mme Mauvier a l'honneur de prier *Madame* Duval, ainsi que *Mademoiselle* sa fille, de venir passer la soirée chez elle... Ces dames rencontreront plusieurs personnes qui désirent vivement faire leur connaissance, notamment *M.* et *Mme* Mercier, etc...

119. — N'y a-t-il pas, d'autres mots qui dans les mêmes cas, puissent être abrégés ?

— Tous les titres honorifiques.

120. — Et encore?

— Dans la correspondance commerciale, mais là seulement, on abrége certains mots tels que v/s pour vous, n/s pour nous ; on supprime même des mots entiers : *Votre honorée du...*, pour votre *honorée lettre du...*

121. — Est-il bon d'adopter cet usage?

— Nous ne le pensons pas; l'économie de temps qu'on y trouve ne saurait compenser l'espèce d'imbrog io qui peut en résulter pour la personne qui n'est pas au courant de ces abréviations.

122. — Du moins les nombres peuvent-ils s'écrire en chiffres ?

— Généralement les chiffres ne sont admis que pour la date et le millésime en dehors de la lettre. Dans le corps même de la lettre tous les nombres, sauf la désignation de sommes d'argent quand ces sommes demandent à être groupées pour que l'œil les saisisse plus facilement, doivent être écrits en toutes lettres.

123. — Peut-on donner par lettre des commissions à toute espèce de personnes ?

— A ses égaux, à ses inférieurs, oui, si l'on connaît assez leur obligeance pour être sûr de ne pas les importuner; mais, à ses supérieurs, jamais.

124. — Quelle précaution y a-t-il à prendre avec ses inférieurs quand on leur demande un service?

— Il faut se garder de donner à sa phrase le ton du commandement, afin qu'ils ne puissent pas s'imaginer qu'on veut abuser de sa supériorité pour leur imposer ce que l'on n'a que le droit d'attendre de leur complaisance.

125. — Parlez de l'ordre et de la régularité dans les correspondances?

— Il ne faut jamais mettre de côté une lettre sans y avoir répondu. Toute lettre mérite réponse, et cette réponse ne doit, en aucun cas, se faire trop attendre. Il ne faut cependant pas, généralement parlant, répondre à une lettre sans réfléchir à ce qu'on s'est proposé d'écrire. Nous parlons ici, bien entendu, de lettres sérieuses, affaires, conseils, etc.

126. — N'y a-t-il pas une précaution à prendre au moment de répondre à une lettre ?

— Oui, il importe de relire attentivement cette lettre et celà lors même qu'on ne l'aurait reçue que quelques heures auparavant. Encore, et pour peu qu'il s'agisse de choses importantes, fait-on bien de relire paragraphe par paragraphe à mesure qu'on répond.

127. — N'y a-t-il pas quelques règles de prudence qui méritent notre attention ?

— Il importe de se garder de toute confidence irréfléchie ou indiscrète. Une lettre peut s'égarer, elle peut tomber accidentellement dans la main de tiers; on doit par conséquent prendre garde d'y risquer ses secrets et s'abstenir absolument d'y aventurer ceux d'autrui.

IV. — Quelques défauts a éviter dans la correspondance.

128. — Quel est le premier et le plus important des défauts dont il faut se garder?

— L'indiscrétion, soit en ce qui touche aux lettres que l'on écrit, soit en ce qui concerne celles écrites par d'autres.

129. — Parlez de l'indiscrétion en ce qui touche au style épistolaire lui-même.

— Eviter toute question de nature à embarrasser son correspondant, toute supposition inquisitoriale ou blessante; ne parler qu'avec une excessive réserve des personnes ou des choses qui le touchent de près; ne rien hasarder qui, en tombant sous d'autres yeux que les siens, puisse prêter à interprétation fâcheuse; ne point s'abandonner à une familiarité malséante et surtout se garder de ce que l'on appelle « le commérage ».

130. — Parlez de l'indiscrétion au sujet des lettres écrites par d'autres et à d'autres.

—Le respect que l'on doit porter au secret des lettres est si obligatoire que lors même que l'on pourrait supposer que l'avenir, la position dépendent d'une lettre qu'on pourrait lire, il serait impardonnable d'en prendre connaissance sans l'autorisation de la personne qui l'a écrite ou de celle qui l'a reçue et, cela, alors même qu'on l'aurait ouverte à sa portée.

131.— Entrez dans quelques détails à ce sujet.

Le secret des lettres commande une si grande discrétion qu'une personne honnête doit éviter tout ce qui, même en apparence, pourrait sembler y porter atteinte.

132. — Par exemple?

— « Elle ne s'approchera sous aucun prétexte d'une table sur laquelle des papiers — lettres écrites ou lettres reçues — sont exposés; elle prendra garde de se tenir hors de portée de la vue de quelqu'un qui écrit ou qui lit une lettre; elle ne fera aucune question, même à ses amis, sur leurs correspondances; elle ne s'offrira point de porter une lettre à la poste si on ne lui a pas témoigné le désir qu'elle s'en charge; elle n'examinera ni l'adresse, ni le timbre d'une enveloppe; elle ne proposera pas à un facteur, à un concierge, à un domestique de remettre aucune des lettres dont ils peuvent être chargés: en un mot elle mettra la plus grande circonspection dans toutes ses paroles, dans toutes sa conduite.

133. — Revenons au style épistolaire proprement dit et signalez quelques-uns des défauts à éviter.

— Il faut prendre garde d'y déployer ce qu'on appelle l'*esprit des sots*, c'est-à-dire les doubles sens et les calembours; on doit se garder également de la causticité, de l'ironie, des paradoxes; en un mot, de tout ce qui peut froisser le cœur, blesser les convenances ou fatiguer l'esprit.

134.—Frappez-vous les proverbes de la même exclusion ?

— Non, à condition qu'ils soient bien appropriés au sujet et qu'ils n'expriment que des idées justes dans un bon langage. Ainsi compris et présentés ils méritent le titre qui leur a été donné de « sagesse des nations » et, par leur formes généralement très-simples, ils se prètent bien à la forme épistolaire. Toutefois on n'en saurait abuser sous peine de tomber dans la vulgarité.

134 *bis*. A quoi peut aussi s'appliquer votre dernière observation ?

— Les citations en langues étrangères et surtout en latin, lesquelles, à moins qu'il ne s'a-

2.

gisse de lettres de savant à savant, sont réellement insupportable par le ton pédagogique qu'elles donnent au style.

135. — Et encore ?

— Les mots techniques, les expressions d'ateliers, et par dessus tout les mots d'argot, même ceux que la mode prend sous son patronage, ne sauraient être tolérés entre gens bien élevés.

135 *bis*. — Que signifie ce mot *argot* et pourquoi en parlez-vous ici ?

— Par argot on entend un langage de convention ayant cours dans certains milieux et que ne régissent aucune règle.

Le but de l'argot est de permettre à ceux qui l'emploient de s'entretenir entre-eux sans être compris de ceux qui les entendent. Uniquement en usage autrefois entre les gens mal famés, l'argot, grâce à quelques romanciers qui l'ont introduit dans leurs ouvrages pour faire ce qu'on appelle de la *couleur locale*, a pénétré jusque dans le monde honnête. C'est un tort contre lequel chacun doit réagir dans la mesure de son influence.

DEUXIÈME PARTIE

DÉFINITIONS ET PRÉCEPTES

136. Qu'entendez-vous par lettres de nouvel an?

— Celles que l'on écrit à ses parents et à ses amis pour leur souhaiter la bonne année.

137. Ces lettres sont-elles obligatoires?

— La plupart du temps, oui.

138. Par exemple:

— Quand il s'agit de donner une marque de respect et de souvenir à une personne à qui on doit de la déférence ; quand on a reçu, au courant de l'année qui finit, des politesses, des services dont on n'a pas eu occasion de remercier; lorsque, par négligence ou accident, on a interrompu des relations qu'on tient à renouer ; toutes les fois, en un mot, que les devoirs de la famille ou de la société, que les sentiments du cœur, engagent à profiter, pour se faire jour, d'une occasion aussi favorable que celle que présente l'échange des souhaits en usage au renouvellement de l'année.

139. N'y a-t-il pas pour ce genre de lettres des modèles ou formules qu'il suffit de copier?

— Il existe en effet des lettres du nouvel an mais on doit se garder de les copier; tout au plus peut-on s'en servir comme d'un guide pour le classement de ses idées.

140. Quel inconvénient y aurait-il à les reproduire textuellement?

— Que ce ne serait plus l'expression de ses propres sentiments qu'on adresserait à ses correspondants, ce qui aurait l'inconvénient 1° de manquer de sincérité, 2° d'énoncer presque sûrement quelques idées, si ce n'est même toutes, très-peu applicables à la situation.

141. N'est-il pas reçu cependant d'étudier, de réciter et quelquefois même de copier des compliments à l'occasion de la bonne année?

— Si, mais dans ce cas, on sait qu'il s'agit de récitation ou de copie; on ne se pare donc plus de la plume de paon, ce qui a lieu quand on copie une lettre qu'on est censé avoir écrite soi-même.

142. Quelle est l'idée qui doit dominer dans une lettre de nouvel an?

—Chaque renouvellement d'année ramène forcément la pensée sur l'incertitude et la brièveté de la vie. Il est donc naturel que nous souhaitions à ceux que nous aimons ce qui peut conserver et charmer l'existence, c'est à dire la santé qui est le bien physique par excellence et toutes les joies, toute la prospérité qui rendent la vie bonne et heureuse.

143. Ce souhait doit-il se formuler dans les termes que vous venez d'employer ?

Les termes à employer sont dictés par les circonstances, par le degré d'intimité et d'affection. La seule règle à observer consiste à éviter les termes communs, les expressions rebattues.

144. Par exemple :

Je vous la souhaite bonne et heureuse.... Je vous souhaite une bonne santé et une bonne année accompagnée de plusieurs autres... etc... etc..., des expressions aussi banales sont au moins ridicules et il faut avoir le cœur bien vide de sentiments, un esprit bien dépourvu d'inspiration pour être réduit à les employer.

145. A qui doit-on une lettre de nouvel an ?

— A tous ses proches parents, à ses supérieurs, à ses bienfaiteurs absents, et à toutes les personnes dont on a reçu pendant le cours de l'année quelque témoignage particulier de bienveillance.

146. Que doit-on aux amis et connaissances moins intimes ?

— Une carte de visite sous enveloppe.

147. Les lettres de nouvel an n'ont-elle pas un caractère particulier ?

— Comme les visites qui s'échangent à la même occasion, ces lettres ont, même entre parents et amis intimes, un caractère quasi officiel qui les assujettit à certaines convenances.

148. En quoi consiste ce cérémonial?

— Une écriture plus soignée, une vedette plus interlignée, un ton moins familier et surtout une effusion de tendresse, de dévouement, de recon naissance plus marquée que d'ordinaire.

149. En quel termes écririez-vous à vos parents s vous vous trouviez éloignés d'eux le jour de l'an?

— Je leur exprimerais mon regret de ne pou voir les embrasser et les féliciter de vive voix. J leur dirais mon désir que ma lettre leur apport une compensation à la peine qu'ils éprouvent eu mêmes, j'en suis persuadé, à ne pouvoir me serre dans leurs bras.

150. Ensuite?

— Je leur dirais avec quelle ferveur je deman de à Dieu de les protéger, de les bénir, de leu accorder toute la joie, tout le contentement qu mon cœur leur souhaite.

151. Qu'ajouteriez-vous encore?

— L'assurance de ma ferme volonté de contr buer à leur bonheur par ma bonne conduite, mo application et mes progrès.

153. Formulez cette lettre.

« Cher Papa et chere Maman.(1)— Combien j'é
« tais heureux l'année passée à pareil jour : c'éta
« dans vos bras et pressé contre votre cœur que j
« vous présentais mes vœux de bonne anné

(1) Pour économiser la place, nous remplaçons, ici et da les lettres suivantes, l'interligne de la vedette par un tiret

« tandis qu'aujourd'hui je dois me borner à vous « les adresser par écrit. Que ma lettre du moins « vous exprime bien mes sentiments et que le « plaisir que vous aurez à la lire vous fasse « oublier, pour quelques instants, le chagrin que « bien certainement vous éprouvez à n'avoir pas « votre cher enfant auprès de vous en ce jour con- « sacré aux réunions et aux joies de la famille. »

« Laissez-moi vous dire avec quelle ferveur je « prie Dieu de vous bénir et de vous accorder « toute la joie, toute la prospérité que mon cœur « vous souhaite. »

« De mon côté je suis fermement décidé à contri- « buer à votre bonheur dans toutes la mesure « de mes forces. Je vais donc m'efforcer par ma « bonne conduite, mon application et mes progrès « d'ajouter aux bénédictions et aux prospérités « que je demande pour vous à l'année qui com- « mence. »

« Ces dans ces sentiments, mes bien chers pa- « rents, que je vous embrasse du plus profond de « mon cœur et que je me dis votre bien reconnais- « sant, bien affectionné et bien respectueux fils. »

154. Ecrivez à un ami que vous avez quitté aux vacances et que vous espériez revoir :

« Mon cher ami. — Quatre grands mois se sont « écoulés depuis que nous nous sommes quittés ; « je me consolais de cette longue séparation « par la pensée que les fêtes du nouvel an nous « réuniraient. Je viens d'apprendre que je dois « renoncer à cet espoir. J'en suis tout contrarié ; la

« plume est si impuissante à rendre les véritables « impressions du cœur. Un serrement de mains, « une tendre embrassade n'en disent-ils pas plus « que toutes les phrases du monde quand il s'agit « d'amitié et de souhaits de bonheur. Figure-toi « donc, mon cher Ernest, qu'au lieu de recevoir « ma lettre c'est moi-même que tu verras ; de« mande à ton propre cœur tout ce qu'il con« tient pour moi de vœux de bonheur et sois cer« tain que sa réponse sera l'écho fidèle des senti« ments qui m'animent. »

« Encore, n'est-ce pas seulement ton bonheur « que je demande à Dieu en ce jour où tant de « sollicitations lui sont adressées, mais celui de « tous ceux que tu aimes. Oui que le ciel répande « ses bénédictions sur toi et sur ta famille, c'est « là, mon cher Ernest, un des plus ardents désirs, « de ton camarade dévoué, de ton ami sincère, « Louis.... »

II. — LETTRES DE FÉLICITATION. — LETTRES DE CONDOLÉANCE.

155. N'y-a-t-il pas d'autres circonstances que le nouvel an où l'on a à écrire à ses parents et à ses amis?

— Tout ce qui arrive de véritablement heureux à nos parents, à nos bienfaiteurs, à nos amis, exige que nous nous associons à leur joie.

156. Comment s'appellent ces sortes de lettres.

— Des lettres de félicitation.

157. N'y a-t-il pas de ces lettres qui sont, comme celles du nouvel an, motivées par le retour de certaines époques ?

— Oui, les lettres de fêtes et d'anniversaires.

158. Ces sortes de lettres s'écrivent-elles à tout le monde sur le même ton ?

— Bien loin de là, selon qu'il s'agit d'un père, d'une mère, d'un oncle, de bienfaiteurs ou d'un frère, d'une sœur, d'un cousin, d'un ami, le ton doit être tout à fait différent.

159. Que sera ce ton dans le premier cas ?

— Tout en s'appliquant à donner à sa lettre un tour aisé et gracieux, on y fera dominer le respect de manière à ce que la personne à laquelle on écrit comprenne qu'on entend, tout en se procurant un plaisir, s'aquitter d'un devoir.

160. Et dans le second cas ?

— On écrira sur un ton agréable et gai ; en aucune autre circonstance il ne convient mieux de déployer les ressources et les grâces de son esprit. Il vaut mieux éviter d'insister sur les souhaits de fête et ne les mentionner en quelque sorte qu'indirectement. C'est le cas pour quiconque sait un peu rimer de hasarder quelques vers.

161. En dehors de ces fêtes et anniversaires quand a-t-on des lettres de félicitation à écrire ?

— Toutes les fois qu'il arrive quelque chose d'heureux à une personne avec laquelle on est en relations.

162. Faut-il écrire en ces circonstances à toutes les personnes qu'on connait?

— Non, seulement à celles avec lesquelles on est déjà en correspondance et auxquelles on suppose qu'une lettre sera particulièrement agréable ; pour les simples connaissances l'envoi d'une carte suffit.

163. N'y a-t-il pas à ce sujet une remarque à faire?

— Cette remarque qui a été faite dans un précédent ouvrage (1) consiste dans une nuance extrêmement délicate : si une personne qui est en position de nous être utile reçoit ou de l'avancement, ou des honneurs, ou tout autre motif à félicitation, on écrira, simplement, brièvement de peur qu'elle pense que nous cherchons à la flatter pour profiter nous même à l'occasion de sa bonne fortune ; si, au contraire, c'est une épreuve, un malheur qui la frappe, écrivons avec effusion ; ne nous bornons même plus à une lettre mais, pour peu que nos rapports précédents nous y autorisent, allons faire une visite. N'ayant rien à demander, rien à attendre, nous n'avons plus à craindre que notre sympathie soit mal interpretée c'est donc l'occasion de la montrer.

164. A quel genre de lettres nous amène votre dernière observation ?

— Aux lettres, dites de condoléances. Elles ont pour but de persuader nos amis que nous prenons part à leurs peines, à leurs deuils avec le

(1) Le manuel de politesse.

même empressement et la même sympathie qu'à leur prospérité et à leurs joies.

165. Comment doivent être écrites ces sortes de lettres ?

— Les lettres de félicitations, aussi bien que les lettres de condoléance, doivent être empressées et bien senties. Elles ne doivent pas traiter d'autres sujets que celui qui fait l'objet de la lettre.

166. Quelle autre attention y a-t-il à faire ?

— D'y éviter plus que, dans toute autre lettre, de parler de soi, de ses affaires et même de ses sentiments si ce n'est pour insister sur la part que l'on prend à la satisfaction ou à la peine de celui ou de celle à qui on écrit.

167. Formulez cette observation.

— S'oublier complètement soi-même pour ne s'occuper que de la personne que l'on veut féliciter, ou consoler.

168. Vous voulez écrire la veille au soir de sa fête à votre père que vous comptez aller voir le lendemain et vous lui envoyez un petit souvenir, ouvrage de vos mains; — faites cette lettre.

— « Mon cher père, — j'espère bien pouvoir vous « embrasser demain matin en vous souhaitant une « bonne fête et je m'en promets un grand bon- « heur. Cependant comme il peut se faire que cette « grande satisfaction ne me soit pas accordée « d'aussi bonne heure que je le désire, je ne veux « donner le temps à personne de vous exprimer « avant moi tous mes vœux de bonheur. Si le

« bouquet que je vous destine ne vous arrive pas « le premier, je tiens du moins à ce que le mo- « deste petit dessin que j'ai fait pour vous, vous « soit remis avant tout autre souvenir de fête; « c'est pourquoi, mon cher père, je charge cette « lettre de vous souhaiter une bonne saint Louis « et de vous présenter ma petite esquisse. Je m'y « suis appliqué de tout mon cœur et si elle est « loin encore d'être ce que vous pourriez atten- « dre de moi, elle n'en est pas moins le résultat « de mes plus grands efforts à bien faire. Pour- « rais-je travailler avec plus d'ardeur qu'en tra- « vaillant pour vous, cher papa, dont tous les ins- « tants, toutes les pensées sont consacrés à préparer « le bonheur de vos enfants.

« Je sais que quoi que je fasse, je demeurerai « toujours au-dessous de vos bontés pour moi. « Mais bien loin de me décourager cela me pous- « sera à vous égaler en dévouement et en bien- « faits, et à stimuler sans cesse mon zèle et ma « bonne volonté.

« C'est dans ces sentiments que je vous embras- « serai demain de tout mon cœur et que je me « dis en attendant, mon bien cher papa, votre fils « très-soumis et très-affectioné... Jules D. »

169. Ecrivez une lettre à un jeune cousin qui vient d'être reçu bachelier.

— « Bravo ! mon cher Félix, tu as lutté et tu « as triomphé. Bachelier ès sciences à seize ans, « c'est magnifique. Encore nous assure-t-on que » tu as été reçu avec éloges. Que ne promet pas

« pour l'avenir un pareil début. Tu étais depuis « longtemps, par ton application et ton assiduité « au travail le modèle de la famille, tu vas deve- « nir sa gloire et peut-être son héros puisque le but « que tu poursuis est l'armée en passant par l'é- « cole polytechnique. Bravo ! mon cher cousin, « bravo ! Continue à nous montrer la voie, afin « que nous méritions de conserver ton amitié et « ton estime... Pardon, je dois dire ton estime et « ton amitié, car la seconde ne mériterait pas son « nom si elle n'était basée sur la première.

« Tout le monde autour de moi est ravi, en- « thousiasmé de ton succès. On trouvait qu'il y « avait de l'audace à affronter ce terrible examen; « on admire aujourd'hui cette audace et s'il n'est « un seul de nous qui ne t'en félicite, aucun n'en est « plus enchanté, plus heureux que moi ; personne « non plus, ne t'aime avec autant de dévouement « et ne t'embrasse de meilleur cœur,

Tout à toi, » Jules D.

170. Un de vos jeunes amis vient de perdre sa mère, associez-vous à sa douleur.

— « Mon cher Antoine, — j'apprends à l'instant « que le plus grand des malheurs *qui puisse* frap- « per un enfant vient de t'atteindre. Ta mère, ta « bonne mère qui t'aimait avec un si grand dé- « vouement et que tu chérissais si tendrement « t'a quitté pour toujours !... *Pour toujours* ! Quel « mot affreux ; quelle pensée plus affreuse encore, « si nous ne savions, mon cher ami, qu'il ne « s'applique dans le sens que nous lui don-

« nons en ce moment qu'à la vie terrestre, à cette « vie qui finira pour toi comme elle vient de finir « pour celle que tu pleures, tandis qu'il prend un « tout autre sens, un sens consolant et glorieux « dans l'éternelle Patrie où tu la rejoindras alors... » « Ta mère, mon bien cher Antoine, n'est plus visible « à tes yeux, mais elle ne t'a pas quitté; ton oreille « n'entends plus sa voix, mais que ton cœur écoute « et il entendra cette voix si aimée... Non, l'âme « de nos mères ne s'éloigne pas de nous ; Dieu ne « saurait avoir créé un amour aussi profond, aussi « ardent pour qu'un instant puisse l'anéantir ! La « tendresse des mères, c'est leur âme elle-même, « toute leur âme, et puisque l'âme est immortelle « la tendresse maternelle l'est aussi.

« Songe à cela, mon ami, songe aux vertus de « ta bonne mère, à sa mort si admirablement chré- « tienne, et, si tu continues à la pleurer, tes larmes, « du moins, perdront une grande partie de leur « amertume... Adieu, mon cher Antoine, crois au « sincère dévouement d'un ami qui n'ose pas, qui « ne veut pas chercher à te consoler par ce qu'il « comprend, par ce qu'il respecte ta juste douleur... « Jules D... »

171. Ne cite-t-on pas une lettre en quelque sorte historique qui est un excellent modèle du genre qui nous occupe ?

— Oui, la lettre du duc de Montausier au Dauphin après la prise de Philisbourg.

172. Pouvez-vous la citer ?

— La voici : « Monseigneur, — je ne vous fais

« pas de compliments sur la prise de Philisbourg
« vous aviez une bonne armée, une excellente ar-
« tillerie et Vauban. Je ne vous en fais pas non
« plus sur les preuves que vous avez données de
« bravoure et d'intrépidité ; ce sont des vertus hé-
« réditaires dans votre maison, mais je me réjouis
« avec vous de ce que vous êtes libéral, généreux,
« humain, faisant valoir les services d'autrui et
« utilisant les vôtres, c'est sur quoi je vous fais
« mon compliment. »

173. Qu'est-ce qui vous frappe dans cette lettre?

— Le ton simple, naturel qui y respire et surtout le tact délicat avec lequel l'éloge y est distribuée.

174. Comment cela?

— Chacun y trouve sa place : l'armée, l'artillerie, Vauban, la maison de France, et enfin les services rendus à cette occasion, services que le prince est félicité d'avoir *fait valoir*.

175. Ne remarquez-vous pas autre chose ?

— La franchise avec laquelle le duc de Montausier atténue le compliment en en reportant une partie sur d'autres, et la force que cette franchise donne à l'éloge.

176. Comment cela?

— Parce que la bravoure du Dauphin ressort d'autant plus, qu'elle est ainsi dégagée des autres motifs d'admiration qui se seraient imposés à l'esprit sans les réserves faites par le duc de Montausier, motifs qui n'étaient pas entièrement personnels au prince, tandis que son intrépidité, son sang-froid n'appartenant qu'à lui, étaient par cela même, réellement méritants.

177. Ne connaissez-vous pas un modèle de lettres de condoléances que vous pourriez citer?

— La lettre de Fénelon à la duchesse de Beauvillers sur la mort de son mari.

178. Citez-là :

— « Madame la duchesse, — je profite de cette oc-
« casion pour vous dire combien je suis occupé de
« vous et de toutes vos peines. Dieu veuille mettre
« au fond de votre cœur blessé sa consolation. La
« plaie est terrible, mais la main du Consolateur
« a une vertu toute puissante. Non, il n'y a que
« les sens et l'imagination qui aient perdu leur
« objet. Celui que nous ne pouvons plus voir, est
« plus que jamais avec nous. Nous le trouvons
« sans cesse dans notre centre commun. Il nous
« y voit, il nous y procure les vrais secours; il y
« connaît mieux que nous nos infirmités, lui qui
« n'a plus les siennes, et il demande les remèdes
« nécessaires pour notre guérison.

« Pour moi, qui étais privé de le voir depuis tant
« d'années, je lui parle, je lui ouvre mon cœur; je
« crois le trouver devant Dieu, et quoique je l'aie
« amèrement pleuré, je ne puis croire que je l'aie
« perdu. Ah! qu'il y a de réalité dans cette société intime !... »

179. Faites vos remarques sur cette lettre.

— Avec quelle délicatesse Fénelon se garde de heurter la douleur de la duchesse de Beauvillers, de blâmer ses larmes; avec quel soin il assure qu'il *a pleuré sincèrement* celui qu'elle pleure elle-même ; mais en s'associant à cette douleur, comme il sait la calmer ! Que les motifs qu'il présente sont purs et puissants. Le cœur et la foi débordent en quelque sorte de chaque mot !

III. — Lettres de demande.

180. Qu'entendez-vous par lettres de demande?

— Celles que l'on écrit en vue d'obtenir une faveur ou un service quelconque.

181. Est-ce ce qu'on appelle une petition?

— Non, la pétition, a un caractère officiel qui la distingue de la lettre de demande. Celle-ci a la forme et le caractère de la correspondance ordinaire, tandis que la première comporte des formules et constitue un genre à part.

182. Les lettres par lesquelles on fait une commande à un fournisseur, à un marchand, sont-elles des lettres de demande?

— Non, ce sont des lettres d'affaires. La lettre de demande, nous le répétons, est celle qui a pour objet de réclamer une faveur ou un service.

183. Quel est le ton de ce genre de lettre ?

— Le ton de ces lettres doit être simple, modeste, mais toujours digne.

184. Si vous avez à demander un service à quelqu'un à qui vous devez du respect, quelles précautions prendrez vous ?

— Je me garderai du ton obséquieux, flatteur qui implique de la bassesse dans le caractère, mais j'aurai soin cependant de bien établir, par la politesse des formules et par le choix des expressions, que j'invoque le service demandé comme une marque de pur intérêt, voire même de généreuse bienveillance, et non comme chose due.

185. Si en pareille occasion vous vous adressez à une personne qui est ou qui a été elle-même votre obligée?

— J'éviterai autant que possible de rappeler les services rendus ; si je crois devoir en parler pour expliquer et autoriser ma propre demande, je le ferai très-brièvement de façon à ne pas blesser l'amour-propre de mon correspondant et surtout de n'avoir pas l'air de réclamer à titre de réciprocité la faveur que je sollicite.

186. Cette discrétion n'est-elle pas, en plus du sentiment de délicatesse qui en fait un devoir, un acte de prudence ?

— Parfaitement. Le succès de toute demande dépend en grande partie de la façon dont la requête est présentée ; or il est reconnu que même l'homme le plus désintéressé est porté à obliger à titre gratuit, bien plutôt qu'à le faire par reconnaissance.

187. A quel genre de lettres de demande s'applique ce que vous venez de dire?

— Aux lettres à des supérieurs ou à des égaux avec lesquels on n'est pas en relations intimes pour leur demander des services sérieux.

188. Comment rédigerez-vous votre lettre si vous avez à réclamer d'un ami, d'un camarade, un de ces légers services qui composent en quelque sorte le fonds de la vie journalière?

— J'irai franchement à mon but?

189. C'est-à-dire?

— J'expliquerai sans circonlocution ce que je désire, indiquant clairement les moyens dont dispose mon ami pour m'obliger.

190. Supposez que vous receviez d'un camarade une lettre de ce genre?

— J'y répondrai immédiatement et simplement par un oui ou par un non, afin de ne donner lieu à aucune équivoque, de ne faire naître par ma faute aucun espoir qui n'aurait pas de chance de réalisation.

191. Vous venez de prononcer des mots qui me paraissent bien laconiques; en cas de refus surtout un «non» pourrait-être plus que bref, il pourrait aisément devenir brutal.

— Aussi par «oui» et «non» n'ai-je pas entendu ces expressions textuelles, mais un équivalent plus adouci mais non moins clair et formel.

Je dirai plus, l'adhésion à ce que contient une lettre de demande peut être aussi laconique que possible; ce laconisme lui donnera de la valeur au lieu de l'amoindrir. Ainsi un « comptez sur moi, mon cher ami, je ferai le possible et volontiers même l'impossible pour vous être agréable, et vous prouver que je vous suis tout dévoué » ou que « je suis tout à vous » est la plus excellente réponse à faire à une lettre de demande assez circonstanciée pour qu'il n'y ait à réclamer aucun éclaircissement, aucun développement. Mais il n'en est pas de même pour un refus.

192. Pourquoi cela ?

— Parce que un refus étant toujours pénible pour la personne de qui il émane et pour celle qui le reçoit, il importe de l'adoucir, pour l'une et pour l'autre, par la bienveillance de la forme, par d'affectueuses paroles de regret.

193. On a à prier un ami qui habite Paris, de faire une démarche pour l'obtention d'un avancement d'emploi attendu depuis lougtemps, comment écrira-t-on ?

— «Mon cher ami,—j'ai hésité à vous déranger
« aussi longtemps que j'ai cru que mes états de
« service et les recommandations de mes chefs
« suffiraient pour me faire obtenir l'avancement
« qui m'est promis depuis plusieurs mois. Ne rece-
« vant rien, je prends le parti de m'adresser à
« votre bonne amitié. Je suis tout confus de vous
« imposer ainsi le triste métier de solliciteur ; je
« me rassure toutefois en pensant que je vous

« procurerai une nouvelle occasion de me « prouver le dévouement amical dont, à tant de « reprises déjà, vous m'avez donné des marques.

« Ce ne sont donc pas des excuses, mais des re- « merciements anticipés que je vous adresse en « me disant tout à vous. » X...

P.-S. — Ci-joint une note détaillée de mon affaire.

194. Renversez les rôles, c'est-à-dire supposez que cette lettre vous ayant été écrite vous avez à y répondre ?

« — Mille grâces, mon cher ami, pour la bonne « fortune que m'a apportée votre lettre. Vous êtes « si réservé en amitié qu'il est presque inouï de « surprendre l'occasion de vous être agréable. Je « me suis donc empressé de m'occuper de votre « affaire. J'ai vu M.N., il a pris bonne note de votre « demande et d'ici huit à dix jours vous aurez ce « que vous désirez. Mon empressement vaut bien, « je l'espère, que vous me mettiez plus souvent en « demeure de vous témoigner mon dévouement et « de vous prouver que je suis entièrement à vous. »

X.....

195. Pouvez-vous citer une lettre écrite par un personnage à un autre personnage et pouvant servir de modèle du genre ?

— La lettre suivante adressée par M. de Baville, conseiller du roi Louis XIV, à madame de Maintenon.

« Madame. — Vous avez eu la bonté de me permet- « tre de recourir à vous dans les affaires les plus im-

« portantes qui pourraient me regarder. Aujour-
« d'hui je vous prie de m'accorder votre protection, je
« demande au roi de donner à mon fils une place de
« conseiller d'Etat en remettant celle que je remplis.
« J'ai considéré qu'étant hors d'état de servir S. M.
« dans ses conseils, à cause de ma surdité, j'étais
« devenu un serviteur inutile et n'ayant qu'un fils,
« j'avoue que l'objet de mes vœux serait de lui voir
« cet établissement.

« Daignez, madame, me donner dans cet occa-
« sion, des marques de vos anciennes bontés pour
« un vieillard sourd, goutteux, reconnaissant et
« revenu de toute ambition, mais non des senti-
« ments paternels. »

IV. — Lettres de recommandation, — Lettres d'introduction.

196. Qu'entendez-vous par lettre de recommandation ?

— Celles qui ont pour objet de recommander à un tiers une personne ou des personnes dignes d'intérêt.

197. Ces sortes de lettres comportent-elles des règles fixes.

— La forme à leur donner dépend entièrement des circonstances et des rapports existant entre celui qui les écrit et celui à qui elles sont adressées.

Règles générales cependant: 1° On ne doit se permettre que dans de rares occasions de recommander quelqu'un par lettres à une personne beaucoup plus élevée que soi par sa position sociale. 2° Ces lettres ne doivent mentionner, à part les formules de politesse, d'autres sujets que celui qui fait l'objet de la recommandation.

198. Pourquoi cela ?

— Pour mieux concentrer la pensée sur cet objet,

199. Peut-on recommander la première personne venue

— Non, il importe au contraire, de savoir à quoi s'en tenir sur les aptitudes de la personne recommandée, afin de ne pas exposer celle qui l'emploiera à son service ou qui s'occupera de ses intérêts à être trompée ou compromise.

200. — Quelle est la règle à suivre à cet égard.

— Ne recommander chaudement que les gens dont on croit pouvoir répondre et user, à l'égard de ceux dont on est moins sûr, d'une extrême réserve.

201. Vous voulez recommander un de vos camarades qui désire trouver une place, à un de vos oncles comment écrirez-vous.

— « Mon cher oncle, Julien Bevert qui vous re-
« mettra cette lettre est un excellent garçon plein
« de cœur, de dévouement et d'instruction. Nous
« avons fait toutes nos classes ensemble et je puis
« vous répondre de lui comme de moi-même. Sa
« famille, dont j'ai beaucoup entendu parler, est des
« plus honorables. Il désire se faire une position

« dans l'industrie et, au dire de nos professeurs, il « a pour cela toutes les aptitudes nécessaires.

« J'ai pensé, mon cher oncle, que si dans l'usine « que vous dirigez, il n'y a pas de place qui puisse « lui convenir, vous pourriez le recommander ail-« leurs, et, dans tous les cas, lui tracer la marche « à suivre pour se faire présenter ou se présenter « lui-même.

« Je n'aborde pas le chapitre de ce qui me concerne, « mon ami pourra vous donner à cet égard tous les « détails que vous désirerez ; je me borne à profiter « de cette occasion pour vous embrasser bien ten-« drement et me dire, mon cher oncle, votre bien « respectueux et affectionné neveu... X. »

202. Dans les mêmes circonstances, mais avec moins de connaissance du caractère et des véritables aptitudes de votre ami, comment écririez-vous.

— Je supprimerais une grande partie de ma lettre, et j'en modifierais même le ton.

203. Par exemple :

— « Mon cher oncle, — Julien Revert qui vous re-« mettra cette lettre est un de mes bons camarades. « Sa famille est, dit-on, des plus honorables. Il dé-« sire se faire une position dans l'industrie, et j'ai « pensé que vous pourriez lui être utile.

« Veuillez donc, mon cher oncle, examiner si « vous pourriez l'employer dans l'usine que vous « dirigez ou faciliter son admission dans quelque « autre établissement ; je vous en serais très-« reconnaissant et pour ma part je vous remercie

« d'avance de tout ce que vous jugerez conve-
« nable de faire pour lui.

« Je profite de cette occasion pour etc... «

204. Quelle différence avez-vous voulu qu'on remarque tout d'abord entre ces deux rédactions :

— Que dans la première, *je réponds* du sujet que je recommande, tandis que dans la seconde je n'assume aucune espèce de responsabilité.

205. Quelle différence établissez-vous entre les lettres de recommandation et les lettres d'introduction ?

— En ce que ces dernières, n'impliquent ni un service à rendre, ni un appui à prêter, mais simplement des relations sociales à établir.

206. Par exemple ?

—« Ma chère tante, — le porteur de cette lettre est
« un charmant jeune homme, mon camarade d'é-
« tudes, qui vient d'obtenir un emploi dans votre
« ville, où il ne connaît personne. J'ose espérer,
« ma chère tante, que vous voudrez bien l'ac-
« cueillir avec votre bienveillance accoutumée.
« Présenté par vous il sera favorablement reçu
« partout, et je puis vous assurer que par ses ma-
« nières polies et réservées, par sa parfaite mora-
« lité il fera honneur à la protection que vous lui
« accorderez.

« Je le charge de mes plus respectueux compli-
« ments pour vous et je vous embrasse bien ten-
« drement. Votre neveu bien dévoué....X »

207. Ces dernières lettres ne peuvent-elles s'écrire sous forme de billet.

— Parfaitement.

208. Donnez-un exemple :

— « Jules Morin est un jeune homme de la meil-
« leure éducation que mon cousin de Vaublanc
« peut introduire en toute sûreté dans sa société.
« Pour sa part, il trouvera dans mon ami un très-
« aimable et, ce qui est plus rare, un très-honnête
« et très-dévoué camarade.

« Amitié et dévouement, X... »

209. N'y a-t-il pas des usages particuliers à suivre au sujet des lettres de recommandation quand on les confie à la personne recommandée pour les remettre elle-même.

—Il est poli de lui remettre la lettre ouverte, afin qu'elle puisse prendre connaissance de son contenu; mais comme il est impoli d'envoyer une lettre ouverte, avant de la remettre le porteur aura soin de la cacheter.

210. Le porteur doit-il avoir l'air de connaître les termes de la missive qu'il remet ?

— Il doit paraître n'en point avoir connaissance. Du reste la personne à qui elle est adressée se garde de toute question à ce sujet.

211. A qui les lettres d'introduction sont-elles surtout utiles ?

— Aux jeunes gens qui en arrivant sur le théâtre de leurs études ou de leurs premiers emplois doivent, à des recommandations de ce genre, d'éviter bien des ennuis et parfois bien des dangers.

212. Pourquoi cela ?

— Parce qu'il suffit de l'intermédiaire d'une seule personne honnête et considérée pour introduire un jeune homme dans la bonne société et le détourner ainsi des mauvaises compagnies, lesquelles constituent le plus grand péril que peut rencontrer la jeunesse.

213. C'est donc un service réel que d'écrire de ces sortes de lettres ?

— Un des plus grands services que l'on puisse rendre à un ami.

V. — Lettres de conseils, de reproches d'excuses et de remerciement.

214. Dans quelles conditions peuvent et doivent être écrites les lettres de conseil ?

— Ces lettres, supposant chez celui ou celle qui les écrit, une supériorité de position, d'âge ou simplement de jugement et de raison, l'expérience et le bon sens y doivent dominer. De plus, la bienveillance et la douceur doivent tempérer la sévérité des leçons données.

215. Doit-on se montrer prodigue de ces sortes de lettres.

— Il importe au contraire de ne se les permettre que dans les cas sérieux et lorsqu'on a autorité pour cela.

216. Connaissez-vous un modèle de ce genre?

— La lettre suivante de Sully, à la célèbre mademoiselle de Launay.

217. Citez-la?

« On me dit, mademoiselle, que vous êtes à « Paris ; l'intérêt que je prends à tout ce qui vous « regarde m'a fait apprendre avec plaisir le parti « que vous avez pris. Vous serez peut-être sur- « prise de recevoir une lettre de moi toute rem- « plie de préceptes; ce n'est pas trop mon usage « d'en donner, encore moins d'en écrire, mais « vous êtes de mes amis et il m'a semblé que je « devais vous parler sur ce pied-là. »

« Je crois que, dans les vues que vous avez, le « moins de séjour que vous pourrez faire dans une « maison garnie sera le meilleur ; ce n'est point « là où je voudrais que vous fissiez vos premières « connaissances. »

« Je voudrais par la même raison que vous fus- « siez très-circonspecte sur le choix de vos amies « et de vos amis ; je voudrais aussi que vous fus- « siez plus occupée de la réputation de votre juge- « ment que de celle de votre esprit; servez vous, je « vous prie, des expressions les plus simples et « surtout ne faites aucun usage de celles qui sont « propres aux sciences ; quoiqu'elles expriment « beaucoup mieux vos pensées, ne succombez « point, je vous en supplie à la tentation de vous « en servir. Enfin je voudrais que vous fussiez « occupée uniquement de vous établir une répu-

« tation soiide sans chercher à plaire par les agré-
« ments. »

« En voilà assez et peut être trop. Adieu, made-
« moiselle ; je vous prie de croire que vous pou-
« vez compter invariablement sur moi. »

218. N'y a-t-il pas une distinction à établir entre les différentes lettres de reproches ?

— Si ; les unes portent sur des sujets graves et peuvent donner lieu à une rupture ; les autres ont pour objet quelqu'un de ces manquements dont se plaint l'amitié et que l'amitié seule a le droit de relever,

219. Que faut-il faire dans le premier cas ?

— Se défier de l'emportement et de l'aigreur qui résultent de la première impression et pour cela ne jamais écrire sur le coup de cette impression, ou du moins, si l'on écrit de suite ne pas faire partir sa lettre sans avoir bien réfléchi.

220. Et dans le second cas ?

— Plus tôt on écrira, plus largement on mettra à sa plume la bride sur le cou et mieux cela vaudra.

221. Pourquoi ?

—Parce que cet emportement indiquera le degré d'affection de celui qui écrit.

222. Avez-vous un modèle à nous donner de ce dernier genre ?

— La lettre suivante, écrite par le cardinal de Bernis à un académicien de ses amis

« A quel jeu vous ai-je perdu, mon cher con-
« frère ; pourquoi suis-je tombé dans votre dis-
« grâce ; vos lettres ne me sont-elles pas parvenues
« ou n'avez-vous pas reçu mes réponses ? J'ai été
« fort exact et je ne saurais penser que vous m'a-
« vez totalement abandonné. Si ce n'est qu'une
« infidélité passagère, je sens que je vous aime
« assez pour vous la pardonner. Dites-moi donc ce
« que c'est et ne me laissez pas croire que je suis
« un sot de vous aimer et vous un ingrat de ne pas
« répondre à tous les sentiments qui m'attachent
« à vous pour la vie. »

223. Ecrivez à un ami qui s'est rendu coupable d'une faute grave à votre égard.

— « Que viens-je d'apprendre ; vous vous plai-
« gnez de moi, vous m'accusez de vous avoir poussé
« à cette habitude du jeu qui, parait-il, vous a con-
« duit déjà au bord du plus profond des abîmes. Ne
« vous souvenez-vous donc plus de tous mes efforts
« pour vous éloigner des dangereux amis qui vous
« entraînent à votre perte ? Ne vous souvenez-vous
« plus de mes reproches et de la quasi rupture
« qui en est résulté ? Non, je ne puis croire que
« vous m'accusiez d'être votre complice dans une
« voie que j'ai tout fait pour vous faire quitter.
« Ce serait une duplicité, une calomnie à laquelle
« ma vieille amitié ne veut pas croire. Assurez-
« moi sur l'honneur que tous ces propos qu'on
« vous attribue ne sont pas vrais, et quoiqu'on
« puisse me dire ce sera vous que je croirai, car
« je dois aux sentiments que j'ai toujours eu pour

« vous de vous accorder créance jusqu'à ce qu'il « me soit démontré que vous ne méritez plus la « confiance et l'amitié avec lesquelles je désire vi« vement pouvoir toujours et à toute occasion « vous serrer cordialement la main... »

224. Qu'entendez-vous par lettres d'excuses?

— Celles qui ont pour objet de réparer une offense, un tort ou plus souvent encore une simple négligence.

225 Sur quel ton doivent-elles être écrites ?

— Sur le ton de le franchise et de la simplicité.

226. C'est-à-dire ?

— Qu'il faut reconnaitre ses torts, s'en excuser brièvement et promettre de n'y plus retomber.

227. A quel propos s'écrivent d'ordinaire les lettres d'excuses.

— En réponse aux lettres de reproches.

228. Pouvez-vous citer un modèle, remarquable surtout par sa concision ?

— La lettre célèbre de Mme de Sévigné à M. de Bussy:

« Faisons la paix, mon pauvre comte, j'ai tort « et je ne sais jamais faire autre chose que de l'a« vouer. »

229. Encore un modèle.

— Voici celui que j'emprunte au cardinal de Bernis:

« Je vous demande pardon d'un si long silence.

« J'ai fait quelques petits voyages et comme on ne « gagne jamais rien de bon à voyager je suis re- « venu ici avec un gros rhume, un peu de fièvre « et un peu de goutte. Or, je n'ai point voulu vous « écrire quand j'étais de mauvaise humeur... »

230. Parlez des lettres de remerciements.

— Ces lettres qui ont pour objet de témoigner un sentiment de gratitude doivent, entre toutes, être écrites avec le cœur. Il n'y a donc ici aucune règle à poser, aucun conseil à donner si ce n'est de laissez parler sa reconnaissance.

231. Connaissez-vous un modèle remarquable de ce genre ?

— Je ne crois pas qu'il en existe de plus parfait que le petit chef-d'œuvre sorti du cœur et de la plume de La Bruyère et adressé au comte de Bussy.

232. Citez le.

— « Si vous ne vous cachiez pas aussi soigneu- « sement de vos bienfaits vous auriez, monsieur, « reçu plus tôt mes remerciements. Je vous le dis « sans compliments, la manière dont vous venez « de m'obliger m'engage pour toute la vie à la « plus douce reconnaissance dont je puis être ca- « pable. Vous auriez bien de la peine à me fermer « la bouche ; je ne puis me taire sur une action « aussi généreuse.

« Je vous envoie, monsieur, un de mes livres « des *Caractères* et je suis, avec toute sorte de res- « pect et de gratitude, le plus reconnaissant et « le plus dévoué de vos serviteurs... »

233. Voici plusieurs lettres que vous citez dans lesquelles on remarque une tournure dont vous n'avez pas parlé précédemment : le titre n'est pas placé en vedette, mais dans le corps de la lettre ?

Cette forme est admise dans l'intimité ou lorsque la personne qui écrit est supérieure à celle à qui elle s'adresse.

234. Exemple :

— Ainsi on peut écrire à son fils.

« J'ai reçu votre lettre, mon cher enfant etc. »

Une amie dira à son amie.

« Votre bon souvenir, ma chère Jeanne, ma été « très précieux-etc... »

Mais un fils ne se dispensera que dans un moment d'effusion peu ordinaire de commencer sa lettre par : « Mon cher père » ou, bien entendu, par toute autre désignation analogue mise en vedette.

235. Peut-on prendre cette liberté avec tout autre supérieur qu'un très-proche parent ?

— Jamais et sous aucun prétexte.

236. Comme lettres de remerciement avez-vous quelque autre modèle a citer?

— Cette lettre par exemple de Racine au prince de Condé.

« Monseigneur — c'est avec une extrême reconnaisance que j'ai reçu encore au commencement de cette année la grâce que votre Altesse sérénissime m'accorde si libéralement tous les ans. Cette grâce m'est d'autant plus chère que

« je la regarde comme une suite de la protection « glorieuse dont vous m'avez honoré en tant de « rencontres et qui a toujours fait ma plus grande « ambition. En conservant précieusement les quit- « tances du droit annuel dont vous avez bien voulu « me gratifier, j'ai bien moins en vue d'assurer « ma charge à mes enfants que de leur procurer « un des plus beaux titres que je puisse leur lais- « ser ; je veux dire la marque de la protection de « V. A. S. Je n'ose en dire davantage car j'ai « éprouvé plus d'une fois que les remerciements « vous fatiguent presque autant que les lou- « anges. »

« Je suis avec un profond respect etc... »

237. Que remarquez-vous dans cette lettre ?

— Le soin délicat avec lequel Racine évite de prononcer le mot « argent » Il se borne à parler de « grâce » d'un « droit annuel ».

VI — LETTRES D'AFFAIRES ET DE COMMERCE.

238. L'imagination et l'esprit sont-ils de mise dans cette sorte de lettres ?

— Le bon sens et la clarté suffisent.

239. S'en suit-il que ces lettres soient plus facile à écrire qu'aucune autre ?

— Non, car le bon sens est une qualité plus rare que l'esprit et, quant à la clarté, en affaires surtout on ne l'obtient que par une grande habitude de réflexion.

240. Parlez des lettres d'affaires.

— Dans ces lettres, les préambule, les formules sont superflus. Plus vite on arrive à la question, moins on y mêle de considérations étrangères ou mêmes secondaires et mieux cela vaut.

241. Les transitions y doivent-elles être soigneusement ménagées?

— Loin de là; plus les sujets se détacheront nets et distincts mieux la lettre sera faite.

Multipliez les alinéas; numérotez les même au besoin. N'omettez rien d'important mais gardez vous des détails oiseux. En un mot allez rondement au but.

242. Donnez un exemple:

— Je trouve dans un excellent recueil cette lettre d'un jeune homme à un parent avec lequel sa famille est en discussion d'intérêt. Elle me semble non-seulement offrir un modèle du genre, mais encore contenir des conseils qui méritent d'être popularisés.

« Mon cher cousin — Je vous écris au nom de « mon père qui me charge de vous témoigner le vif « désir qu'il éprouve de voir se terminer enfin le « différend qui vous divise. Je pense, et nous som- « mes tous ici de son avis, qu'entre gens d'hon- « neur comme vous l'êtes tous deux, il doit être « facile de s'entendre, sans en référer à des gens « d'affaires qui la plupart du temps ont un art ad- « mirable pour embrouiller les questions les plus « claires et faire naître d'interminables procès là

« où une bonne parole eut suffit pour mettre « l'accord. »

« Au surplus, mon cousin, si vous voulez bien « vous trouver chez vous mardi prochain de huit « à neuf heures du matin, mon père aura l'avan- « tage d'aller vous y voir, et en un quart d'heure « de conversation vous en dira plus que ne le sau- « rait faire la plus longue lettre. »

« Mon père vous apportera, des compliments « de tous, mais en attendant veuillez me permettre « de vous serrer cordialement la main et de me « dire, mon cher cousin, votre très-dévoué parent.

« Xavier X. »

243 Donnez une lettre d'affaires écrite en réponse à une lettre de demande.

— « Cher monsieur, — je me suis acquitté du « mieux qu'il m'a été possible des commissions « dont vous aviez bien voulu me charger. J'y ai « apporté tout le soin possible et je vous envoie « ci-après le détail :

« Lorsque je n'ai pas trouvé exactement ce que « vous m'indiquiez, j'y ai substitué les objets qui « me semblaient s'en rapprocher le plus. Je me « suis attaché à ne prendre que des articles nou- « veaux, solides et d'un goût irréprochable. J'ose « espérer que vous en serez satisfait.

« J'avais touché pour vous mille francs ; vous « verrez par les factures ci-jointes que j'ai dépensé « neuf cent soixante-deux francs. C'est donc trente « huit francs qui vous reviennent. Je les tiens, « monsieur, à votre disposition.

« Veuillez ne pas m'épargner les occasions de « vous être utile ; ce sera la meilleure preuve d'a- « mitié et de confiance dont vous pourrez m'hono- « rer. »

« Votre bien dévoué serviteur et ami. »

244. N'y a-t-il pas des formules et des abréviations particulières à la correspondance commerciale ?

— Si, mais en outre que quelques-unes de ces formules n'ont jamais été admises par les règles de notre belle langue française, la plupart ont veilli et tendent heureusement à disparaître de nos usages. Nous n'en parlerons donc pas ici. Quant aux abréviations, dont les principales ont été indiquées dans la première partie de ce livre, nous n'en saurions conseiller l'emploi.

245. Pourquoi?

— Parce que ces abréviaiions font des lettres où elles sont employées de véritables énigmes pour quiconque n'en a pas la clef.

246. Comment écririez-vous a un commercant avec qui vous désireriez entrer en relation d'affaires?

« Monsieur,—désireux de nous procurer un cor- « respondant dans votre ville, j'ai demandé à un « de mes parents de me désigner une maison re- « commandable à laquelle je puisse m'adresser.

« Il m'a cité la vôtre comme une des meilleures « et des plus sûres, je viens en conséquence vous « offrir nos services. Notre commerce consiste dans « l'achat, et la vente en gros des toiles. En rap- « port avec les premières fabriques de France, nous

« pouvons vous fournir ce qui se fait de meilleur « et de plus beau.

« Nos conditions sont les conditions habituelles; « à la fin de chaque mois un réglement à 60 jours « pour le montant des marchandises fournies « pendant le mois.

« Dans l'attente d'une réponse favorable, nous « nous disons, Monsieur, vos très-dévoués ser- « viteurs.... »

247. Formulez l'avis d'une expédition faite par un négociant a un de ses correspondants?

« Monsieur,— jai l'honneur de vous avertir que « je viens de vous expédier les marchandises que « vous m'avez demandées par votre lettre du 5 cou- « rant. »

« Je pense que vous les recevrez du 20 au 25. « Veuillez faire vérifier les ballots avant de les « accepter, l'administration des chemins de fer « étant responsable de tout dégat. »

« Comme l'indique ma facture ci-jointe, le total « de ma livraison est de 890 fr. dont je vous prie « de me créditer.

« J'attendrai un ordre, pour disposer sur vous « de cette somme, à telle date qui vous convien- « dra. »

« Tout à vous, Monsieur, et toujours le plus dé- « voué de vos serviteurs. »

VII. — LETTRES DE NOUVELLES

248. Entre qui s'échangent d'ordinaire les lettres de nouvelles?

— Entre amis ou tout au moins entre égaux

249. Quelles qualités doit-on y rencontrer?

— Elles doivent-être intéressantes, le style doit être simple et coulant.

250. Quel défaut faut-il surtout y éviter?

—Le commérage contre lequel, soit qu'on écrive, soit qu'on parle, on ne saurait se mettre trop en garde.

251. Qu'entendez vous ici par commérage?

— J'entends la manie de jaser sur tout et sur tout le monde, de chercher, pour le critiquer et même pour l'incriminer, le mobile de la conduite d'autrui; de relever des ridicules, de répéter des paroles, d'interprêter des actions qui ne nous regardent pas et surtout de mettre les réputations en jeu.

252. S'en suit-il qu'on doive éviter d'écrire des lettres de nouvelles?

— C'est là au contraire pour la jeunesse un des meilleures exercices de style. Pendant les vacances, notamment, aucun devoir ne peut être plus agréable et plus réellement utile.

253. Que doivent contenir ces lettres?

— Tous les incidents tant soit peu remarquables de la vie journalière, les impressions que ces incidents ont produites sur le cœur et sur l'esprit, les leçons qui en découlent et les résolutions qu'ils provoquent. En un mot, tout ce qui peut se prêter aux élans du cœur et à l'exercice de l'imagination.

254. Quelles règles doit-on suivre?

— Aucune autre que celles de la grammaire d'une part, et, d'autre part, celles du bon goût et de la morale.

255. La littérature française ne nous offre-t-elle pas un recueil de ces sortes de lettres, lesquelles sont regardées comme d'admirables chefs-d'œuvre.

— Oui, les lettres de madame de Sévigné qui n'ont, parait-il, de rivales dans aucune autre langue, ce qui n'empêche pas qu'on peut et qu'on doit leur reprocher trop souvent le défaut dont nous parlions tout-à-l'heure.

256. Pourquoi cela?

— Parce que l'aimable Marquise qui ne croyait certainement pas que ses lettres seraient rendues publiques, n'a pas eu la prudence de se garder assez de l'esprit de critique et de médisance. Par suite « ce commérage « contre lequel on ne saurait trop insister, s'y mêle à trop fortes doses, à la grâce, à l'esprit, au style, qui sans cela, en feraient de véritables chefs-d'œuvre.

257. Pouvez-vous citer une de ces lettres?

— Oui, celle par exemple qui raconte la première représentation d'*Esther*.

VIII. — Des lettres d'invitation et des billets.

258. Quel est le but de ces sortes de lettres?

— Selon que leur nom l'indique, elles ont pour objet d'*inviter* ou pour employer un terme de meilleur goût, de *prier* quelqu'un soit à un diner, soit à une soirée, soit à toute autre réunion ou partie du plaisir.

259. Quelle forme donne-t-on d'ordinaire à ces lettres.

— La forme de billet.

260. Qu'entendez-vous par là ?

Le billet est une lettre qu'on commence et qu'on termine sans s'astreindre aux formules usitées pour les lettres. On l'écrit sur un papier de moindre dimension et on se dispense même parfois de la cacheter.

261. Peut-on se servir indifféremment de cette forme ?

— Sauf pour les invitations où le billet est admis sans distinction d'âge, de rang et de position sociale, cette forme ne s'emploie généralement qu'entre égaux. Elle se tolère de supérieur à inférieur, mais se la permettre d'inférieur à supérieur serait plus qu'un manque d'usage, ce serait une impertinence.

262. Quelle règle doit-on observer pour un billet d'invitation.

— Ces lettres doivent s'envoyer au moins huit jours à l'avance et les termes doivent en être si précis qu'il n'y ait aucune équivoque possible sur la nature, le jour et l'heure de la réunion à laquelle on est convié.

263. Ces lettre exigent-elles une réponse ?

— Oui, quand il s'agit d'un diner ou d'un déjeuner; en un mot d'un repas où, le nombre de convives devant être connus à l'avance, il importe au maître ou à la maitresse de maison de savoir sur qui compter; non, quand il sagit de toute autre invitation.

264. Quand doit se faire cette réponse?

— Autant que possible immédiatement afin que l'on ait le temps de remplacer par un autre convive celui ou celle qui ne pourrait accepter.

265. Y-a-t-il des règles pour ces réponses ?

— Elles doivent reproduire en partie les termes de la lettre d'invitation afin qu'il n'y ait, ni de part ni d'autre, de quiproquos.

266. Les billets sont-ils aisés à rédiger ?

— Ils sont plus difficiles à écrire que les lettres. Aussi « *bien tourner un billet* » comme on disait autrefois, constitue-t-il un talent tout particulier. Ce talent dénote en même temps qu'une heureuse facilité d'esprit un grand usage du monde.

267. Quel est le principal écueil à éviter dans ce genre de rédaction ?

— Les quiproquos résultant de l'emploi de la troisième personne, laquelle est généralement usitée dans le billet.

268. Exemple :

« Mme Maity réunit quelques amis, lundi pro
« chain, 31 courant. Elle serait très-heureuse que
« Mme X. voulût bien se joindre à eux. On dînera
« à cinq heures. »

269 Si un billet vous était adressé, comment y répondriez-vous ?

Étant donné que je veuille accepter, je répondrai:
« Mme X. est très-reconnaissante du bon souve-
« nir de Madame Maity. Elle aura l'honneur de se
« rendre à son aimable invitation et elle lui offre
« en attendant ses meilleurs compliments. »

270. Et si vous n'acceptez pas ?

« Mme X. est désolée du contretemps qui l'empê-
» che d'accepter l'aimable invitation de Mada-
« me Maity. Elle la prie de vouloir bien agréer tous
« ses regrets en même temps que la nouvelle assu-
« rance de ses sentiments les plus empressés. »

271. Qu'y-a-t-il a remarquer dans ces différentes rédactions ?

1° Que j'évite d'employer le mot *elle* autrement qu'appliqué à soi-même afin d'éviter l'imbroglio qui en résulterait ; 2° que j'emploie l'abréviation pour Mme en parlant de moi, mais en m'adressant à mon correspondant j'écris le mot en entier.

272. Faites comprendre par un exemple la première partie de votre réponse :

— « Madame X est très-reconnaissante de l'ai-
« mable invitation de madame Maity ; elle aura
« l'honneur de se rendre chez *elle* et *elle* lui expri-
« mera en attendant, les sentiments qu'*elle* a pour
elle. »

273. Y a-t-il toujours moyen de tourner cette difficulté.

Dans un billet un peu long il peut arriver que

ce soit très-difficile et quelquefois même impossible.

274. Que fait-on alors?

— On adopte une rédaction mixte.

275. Expliquez-vous.

Sans s'assujettir aux formules des lettres, on emploie pour soi la première personne,

276. En ce cas, comment se fait-on connaître.

— En signant le billet.

277. Donnez un exemple?

« Je suis arrivé ce matin de Vichy; je repars
« ce soir pour la campagne et pour comble d'en-
« nuis je serai retenu chez moi pour affaires toute
« l'après-midi. Je ne voudrais cependant pas tra-
« verser Paris sans serrer la main à Monsieur Lau-
« rent. Je le prie donc, s'il reçoit ce billet à temps,
« de venir me voir entre midi et quatre heure. En
« attendant je suis tout à lui.... X. »

Paris. — Typ. Collombon et Brûlé, rue de l'Abbaye, 22.

www.ingramcontent.com/pod-product-compliance
Ingram Content Group UK Ltd.
Pitfield, Milton Keynes, MK11 3LW, UK
UKHW021156220726
13924UKWH00003B/1155